U0130668

寒 武 紀

新訂本

寒武紀

李天命 著

明報出版社

李天命詩集 —— 寒武紀（新訂本）

作　　　　者　：李天命
編　　　　者　：張家富
助理出版經理　：周詩韵
責 任 編 輯　：葉秋弦
封 面 設 計　：李錦興
美 術 設 計　：Rita
出　　　　版　：明報出版社有限公司
發　　　　行　：明報出版社有限公司
　　　　　　　　香港柴灣嘉業街 18 號
　　　　　　　　明報工業中心 A 座 15 樓
電　　　　話　：2595 3215
傳　　　　真　：2898 2646
網　　　　址　：https://books.mingpao.com/
電 子 郵 箱　：mpp@mingpao.com
版　　　　次　：二〇二二年一月初版
I　S　B　N　：978-988-8688-25-8
承　　　　印　：美雅印刷製本有限公司

編者語

　　過去「李天命作品集」已收有李氏主要作品的最終定本，包括《李天命的思考藝術》、《哲道行者》、《從思考到思考之上》、《破惘》、《殺悶思維》及《不定名》*。今特將詩集《寒武紀》與《語理分析的思考方法》兩書分別再結集重印，一併納入「李天命作品集」，以臻整全。

*《不定名》由明報月刊出版社出版。

目　錄

編者語　　　　　　　　　　　　　　　　　05

序詩三首

　　無題 No.1　　　　　　　　　　　　　14

　　無題 No.2　　　　　　　　　　　　　15

　　運動　　　　　　　　　　　　　　　　16

第 I 輯　　〈輕之思〉與〈西湖秋〉

　　輕之思　　　　　　　　　　　　　　　18

　　　其一：秘密　　　　　　　　　　　　18

　　　其二：等待　　　　　　　　　　　　18

　　　其三：點亮　　　　　　　　　　　　19

　　　其四：舞別　　　　　　　　　　　　19

　　西湖秋　　　　　　　　　　　　　　　20

第 II 輯　　〈六闋〉與〈雲河湖的變奏〉

　　六闋　　　　　　　　　　　　　　　　22

　　　其一：綾扇　　　　　　　　　　　　22

　　　其二：雪傷　　　　　　　　　　　　22

其三：河夢   23

其四：漣思   23

其五：葉祭   24

其六：如雲   24

雲河湖的變奏   25

其一：湖的變奏   25

其二：河的變奏   26

其三：雲的變奏   27

第Ⅲ輯　從〈秋謎〉到〈荒城之月〉

秋謎   30

古老土的秋思   31

海謠   32

素描   33

天梯   34

武夷石   35

太湖月   37

荒城之月   38

第Ⅳ輯　從〈雲夜〉到〈逝〉

謎情三疊   40

其一：狼澀   40

其二：漏洞   40

其三：雲夜   41

家訓三節   42

    其一：純與褻   42

    其二：風誓   42

    其三：刺   43

船歌   44

交給   45

後巷   46

The End   47

流水高山   48

復活之前   49

重遇   51

逝   52

第 V 輯　（間場）酸瓜

酸瓜小引   54

春之暗瘡   58

不忠誠的手   59

免費旅遊   60

賣藥   61

反懷疑主義   62

夢遊症   63

窺   65

失蹤記   66

    第一幕：自憐   66

    第二幕：自傷   67

第VI輯　短歌行

光洞　　　　　　　　　　　70

爬蟲類　　　　　　　　　　71

零　　　　　　　　　　　　72

寄蕭邦　　　　　　　　　　73

命定論　　　　　　　　　　74

祭母　　　　　　　　　　　75

神劇　　　　　　　　　　　76

把臂遊　　　　　　　　　　77

逍遙遊　　　　　　　　　　78

石花　　　　　　　　　　　79

第VII輯　〈連環念〉及其他

陰笑　　　　　　　　　　　82

算術急口令　　　　　　　　83

後現代循環　　　　　　　　84

革命狐步華爾滋　　　　　　86

龍如馬　　　　　　　　　　88

歲月山歌　　　　　　　　　89

破格金縷衣　　　　　　　　90

連環念　　　　　　　　　　91

第VIII輯　〈在塵封下面脈動的〉〈時空奧德賽〉

在塵封下面脈動的　　　　　　　　94

存在與虛無　　　　　　　　　　97

陰陽二重奏　　　　　　　　　　98

　　其一：陰間（悲觀主義者的）　98

　　其二：陽間（樂觀主義者的）　99

迷悟二重奏　　　　　　　　　　100

　　其一：鬼夜　　　　　　　　100

　　其二：秋見　　　　　　　　101

時空二重奏　　　　　　　　　　102

　　其一：主觀時空　　　　　　102

　　其二：客觀時空　　　　　　102

時空奧德賽　　　　　　　　　　103

新一輯　微笑亭見

秦淮河　　　　　　　　　　　　108

微笑亭焚夜　　　　　　　　　　109

2006214　　　　　　　　　　　110

天嬰　　　　　　　　　　　　　111

童謠　　　　　　　　　　　　　112

牛石謠　　　　　　　　　　　　113

　　其一：高人　　　　　　　　113

　　其二：天人　　　　　　　　114

噤煙　　　　　　　　　　　　115

吃禪　　　　　　　　　　　　116

高地　　　　　　　　　　　　117

滿天星　　　　　　　　　　　118

巴比倫　　　　　　　　　　　119

創造之戲　　　　　　　　　　120

沙漠與星空　　　　　　　　　121

　其一：沙漠　　　　　　　　121

　其二：星空　　　　　　　　122

　見　　　　　　　　　　　　123

忘鄉（代後記）　　　　　　125

跋詩兩首

　細想　　　　　　　　　　　133

　非詩　　　　　　　　　　　134

序詩三首

無題 No.1

我在沙上寫了一首詩
又在沙上抹去那首詩
只讓海知道

我在空中寫了一首詩
又在空中抹去那首詩
只讓雲知道

我在心裏寫了一首詩
又在心裏抹去那首詩
只讓你知道

無題 No.2

只有三種心事
一種如雲
一種屬於夜晚
一種同季節有關

只有三種故事
一種在水邊發生
一種在林邊發生
一種在那年發生

只有一種情形
或者有月，或者有星
或有一道亮麗的光
刻下一刀深深的影

運 動

躍起之後
勢須下落

而今問題在
你如何去平伏那心跳？

第 I 輯

〈輕之思〉
與
〈西湖秋〉

輕之思

其一：秘密

東風拂過薔薇
一根刺把秘密
輕輕挑破

其二：等待

陽光從城東淹到城西
黃昏將層雲染成疊彩
歸鳥卿卿儂儂的
投向樹後微裸的樓台
靦覥的夜未臨
一把空椅是一把等待

其三：點亮

娉娉嫋嫋的裙步
踩着江南小調
飄過蘇堤

一朵綽約的媚月
沿堤點亮
左一湖夜色
右一湖夜色

其四：舞別

翩然的輕盈翩然的舞
嫣然的意態嫣然的妒
黯然的夜盡黯然的別
茫然的曉寒茫然的路

西湖秋

西湖的秋色原來不是謊言
一泓寒寂，千絲黃柳
萬般興亡的記憶

不見亂紅碎綠
不見西子，也不聞笙歌
但有比春天更翠的秋波

輕舟無聲滑過
只載遊興，不載功名
任不設防的歲月在水面
來去如夜夜的星影

第 II 輯

〈六関〉

與

〈雲河湖的變奏〉

六闋

其一：綾扇

綾扇摺疊着矜持
　拒絕展露典麗的顏面
你仍蜷縮在沉睡裏
　如蜷縮在蓓蕾裏的春天

其二：雪傷

給傷口留個位置
　就會吐出纖纖嫩芽
但冬枝不等初蕊
　一夜開滿朵朵雪花

其三：河夢

不斷的河流
　流到湖海就算斷
未完的好夢
　夢到醒時就算完

其四：漣思

再見，就是再不相見
　讓分離拉長綿綿繫念
看春天的花瓣點起水面的漣漪
　聽秋天的黃葉滴下風雨的愁思

其五：葉祭

　　　　每葉焚燒過的記憶
　　　　　都響着一縷不息的回聲
　　　　每闋冰雕的故事
　　　　　都嵌着一脈不死的歷程

其六：如雲

　　　　燕子飛過我的仰望棲於誰的樓台
　　　　　長街
　　　　　　落日
　　　　　　　以及幾抹婉約柔麗的悲哀

雲河湖的變奏

其一：湖的變奏

風飄過
湖的回答只在表面

你背着落日
設法抹去眼簾內的青雲
完整是不可能的了

宇宙已經開始
雁羣已在途中
回首已不見來處

如果諸天還未生出星雲
如果故事還未有記憶
如果你能睡在自己的心裏……

其二：河的變奏

（1）
一瓣浪花是一次洶湧
一顆沙珠是一次破碎
你是東去的大江
我是西行的客旅

（2）
各別飲盡自己的
八千里路雲和月
你的期待已成冰心
我的記憶成霜雪

（3）
時間沒有尾巴
季節不復春夏
當天地再洪荒宇宙已老去
你會是長河岸畔的哪一株花？

其三：雲的變奏

越過夜間各式的戰爭
進入清晨
我心注滿了慈和

你們都可以吻我
草絲和露珠
可平分我的足踝
清風與白霧
可平分我的眉髮
飄過的姑娘們
也可以平分我的臉頰
你們都可以吻我

至於那些高天的雲朵
她們是這般年輕
顏色還沒有確定

不過我心裏知道
有一朵叫做麗麗
有一朵叫做美美
有一朵叫做安琪
…………
還有一朵屬於你的
名字總被我忘記

從

〈秋謎〉

到

〈荒城之月〉

秋謎

春與夏有默契
繁華過盡
就讓位給秋

秋的心裏有座荒城
城的心中有株白蓮
在月下舉起楚楚的手臂
張開怯怯的手掌
掌上停着一顆清醒的水晶

秋的秘密
就在那晶瑩之中

古老土的秋思

在一個老土的秋
吹來一窗老土的風
響着一夜老土的雨
打進一扇老土的心
勾出一則老土的事

在一個古老的秋
瀉下一園古老的月色
濺起一池古老的荷香
綻開一臉古老的燦爛
遺落一節古老的追思

海謠

在那遙遠的海洋上
有支燈塔囚着一位美麗的姑娘
航經的水手都企圖搶過去營救
從此卻不見回歸自己的家鄉
留下的空船壓不住浪濤起伏
遺下的妻子在家裏獨自悲傷
大海當風雨之夜就會捲起生花的千舌
呼喚舟子去拯救那位美麗的姑娘

素描

羣山蜷伏在黃昏詭秘的笑靨下
天空凝固着一種俯撲的姿態
風與雲勾在樹梢
窒息的寂默
將城市壓成一幅扁平的油畫

月河結了冰
時間紮了營
光榮恥辱偉大渺小都回歸到字典
在儡魄的靜止中
閃過幾點似曾相識的意念
而語言已化為朵朵色彩
隱如蝙蝠的思想
在暗影裏探測萬有的步調

天梯

在山腳築起了社會
在山巔，立着你

聽秋天流過江南
看雲影去去萬里
風景是甜的
你的味覺有點澀

就讓一切葬在山浪山浪間
那麼你就超升……

武夷石

破雲欲飛的高山
望斷長空的仰止
攀登自一念開始

一腳腳踩痛引力的指尖
一步步測量自己的高度
穿過崎嶇
解開謎路

偶一抬頭，白霧雪崩
從坡頂滾到鼻樑
稍一開口，語言隨風
從唇邊直落千丈

幾條冶嬈的紫藤
纏着古板的老松不放

老松斜撐着尊嚴
我的尊嚴在巒巔
在蒼雲上面

那就必須繼續向上
揹着爬過的峻嶺
攀越眉上的崇山
告別了一座巍峨
再奔赴下一座召喚

最後的召喚由最後的一步印證
最高的山岩界定最高的一程

望着那懷了疊疊記憶的岩石
我窺見了洪荒的皺臉
不塗脂粉，只抹着片片風霜
在遲疑間，我一步跨了上去
站在風景之上

太湖月

火車從早晨咳到黃昏
我披着夕照來到太湖
太湖以蒼茫隱藏它的無際
殘陽紅盡的最遠處
仍是煙波

波上浮着幾點依依的檣桅
默默堅持沒有約定的佇候
秋水溟溟
悠悠拍打穿朝越代的蘋洲

蘋洲外，月印寒湖
悄然映出了晶瑩峻冷的千古

荒城之月

無言的夜空
俯瞰着無邊的沙漠
在虛無的月色下
浮現出一座無人的荒城
迴盪着一縷無力的歌聲
低唱出一段無情的故事

故事的結尾輕輕細訴：
　　「當這一切結束
　　就只有無言的夜空
　　俯瞰着無邊的沙漠
　　在虛無的月色下
　　浮現出一座無人的荒城⋯⋯」

第 IV 輯

從

〈雲夜〉

到

〈逝〉

謎情三疊

其一：狼澀

在一個光與影互咬的晚上
寂寞的山狼路過寂寞的山城
趁糖分仍未將澀味醃死
悄悄偷吃了那提早綻放的青春

其二：漏洞

禿樹吊着月牙
北風搜查漏洞
貓頭鷹從漏洞匆匆飛走
把眼鏡遺在夜鶯的巢中

其三：雲夜

鱷魚在星光下做夢
夢見蛇在星光下做夢
兩個夢都像雲一樣的溫柔
兩個夢都像夜一樣的虛空

家訓三節

其一：純與藝（或名：父教）

　　　　唇認識唇
　　　　較易批准
　　　　舌了解舌
　　　　必須另加一番唇舌

其二：風誓（或名：母教）

　　　　風的誓言
　　　　攜帶着浪花
　　　　來不及被遺忘
　　　　就已消散

其三：刺（或名：小心鈣化）

　　一朵雲，一襲影，一次偶遇
　　一盞燈，一杯酒，一夜細語
　　一廂情，一齣戲，一幕依依
　　一分恨，一縷思，一根記憶鈣化成的骨刺

船歌

輕籠的黑夜
默默升起
自水面
幽微的意態
如霧隱現
在伊眉梢

任小舟漂浮
任生命在茫茫的宇宙
星碎愈搖愈近
伊戴着閃爍的永恆
我是現代的君子
伊是古代的子君

一雙歸鳥飛過我的頭頂
一抹海風涼過我的臉頰
一瓣浪花撞入我的襟懷

交給

落日重複它的歌
暗影將伊的淒迷推向我
隔着有伊菱形的固執
我五月伸向三月的手臂

伊的眸總是沉思
設想明天可能的淚
我唯有將夢交給逝
將手交給伊的腿

後巷

在如死的日午
這又窄又長的後巷
除了陽光無聲氾濫
就再沒有什麼了

那些抽象的盟誓
那些具體的觸覺
一切都隨着那槽黑暗
之流去而流去

除了陽光無聲氾濫
這窄長的後巷再沒有什麼了

The End

從熱鬧的劇場出來
見寒夜在街頭瑟縮着
樹影蠶食了路燈
幾點漏網的微芒
衝不破沉沉的黑暗

黑暗中，我靜靜離去
再沒有淹留的理由了
空蕩的舞台像失憶症
戲已唱完
帷幕已落下
終局已披上了黑色的面紗

流水高山

有流水就有高山
但這跟你沒相干
你能等多久讓風雨將蓓蕾綻開
又能多少次讓錯誤的飛沙捲進來？

憧憬打兩鬢掠過
回首已是塵煙已是暮靄了

那麼就把表情送給人
憂悒留給自己吧
　　在多霜的湖
　　　　多雲的山……

復活之前

留一個這麼天這麼空
　的天空，給我
留一個這麼黃這麼昏
　的黃昏，給我

時間要將事件沖去哪兒呢

慣於一口飲盡
　　霜風雨雪的
　　卻飲不下那絕望之黑冷
慣於揹着蒼穹
　　無言獨行的
　　卻揹不起那記憶之粉碎

那就去棲息於
　彼岸無盡的暗夜裏吧
讓顏彩死去
　（那麼伊的眸色……）
讓聲音死去
　（那麼伊的心跳……）

此刻，我只有
緩緩伸前，以右手
　我對自己說：
　雖然沒有抓着
　但是已經指向
　　　指向永恆了

重遇

伊的眼睛望向東
伊的眼睛望向南
伊的眼睛望向西
伊的眼睛望向北

伊倉倉皇皇，尋尋覓覓
伊伶仃漂泊，淒淒戚戚
伊就是沒有發現——

在那邊的老樹根上
斜斜地躺着
把期待壓得變了形的
帽子低垂
遮去了大半邊面容
將夜夜的黑暗關留的
那人，就是他了

雖然他的破鞋已染滿苔綠
雖然野蔦蘿也爬上了他的胸臆……

逝

蘆葦彎身詢問流水
想尋回那管漂走了的蘆葦
蜻蜓殷勤探訪蘆花
希望重遇舊日的自己

第 V 輯

（間場）
酸　瓜

酸瓜小引

　　讀高小（小學五、六年級）的時候，我就認為自己已年長到沒有興趣跟姐姐們一起玩了，但在初小的階段，還是有不少時候跟姐姐們在一起的。那時每當臨近中秋節，三姐和四姐總會用硬紙自製一些小月餅盒給我，這種小盒子可以容納一個「棋子餅」（小月餅）。我生平第一首「詩」就是那個時候寫的，共四句，寫在小月餅盒的四塊邊上：

　　　　中秋月
　　　　大而圓
　　　　要欣賞
　　　　望上天

　　升中後，在課堂上覺得窮極無聊之際，偶爾也會亂寫一些「詩」，藉以減輕上課那種極度煩悶的痛苦。底下那首詩，大約是中學三年級的時候寫的，後來為了賺點稿費，從舊物中撿出來寄

去當時的老牌文藝刊物《文壇》上發表，怎知稿費只得港幣四元（或八元？已忘記）。這首「童詩」叫做〈理想〉：

與第一線陽光一同起來
我歡呼一聲：「早晨，太陽！」

我讚美你無盡的情熱
你青春的氣息是何等芳香

不要笑我眼角掛着晶瑩的淚水
那不過是昨夜在夢中痛哭一場

現在我又尋回曾經失落的自信
自信給我帶來勇往直前的力量

我深信看到的是美麗的遠景
那絕不是一個荒唐的痴想

我要奉獻出全部的生命和愛
我的愛像那遼闊深邃的海洋

我要用百折不撓的意志的雙臂
摟抱她在我如詩的心上

現在我是多麼輕視風暴和荊棘呀
我不會再將它們過高估量

我的眼，我的心，有的只是
她聖潔的形象，　她聖潔的形象⋯⋯

這首詩如此浮露、濫套、肉麻，重抄時也覺得不好意思。

目前這一輯詩或「詩」，初稿都草成於中學時期，後來拿了去發表。輯錄於此，聊充間場調劑。其中有些稍予修訂，或更改題目，藉以消除或者減輕可能令人毛骨悚然的效應。如果覺得——比方說——上一輯的〈復活之前〉和〈流水高山〉也有過重的文藝腔，不合脾胃，那也不妨將之歸入目前這一輯之中。

除了〈窺〉發表時用「子君」為筆名外，以下幾首都用了「李縱橫」為筆名。（另一輯裏的〈後現代循環〉，原名為〈扭曲的世紀〉，發表時所用的筆名是「鹽蛇蛋」。）

春之暗瘡 *

　　冬去了，春天來了。春天是撩人的。在這撩
人的日子裏，情人，我更加想念你⋯⋯

　　你的柔髮，你的眼睛，你的嘴唇，你的腰肢，
你的呼吸⋯⋯都是春天。

　　春天是花瓣的季節，是翅膀的季節，是歌聲
的季節。春天，是愛情的季節。

　　但明天是黑色的，是審判日。（他們說）

　　可是我知道，此刻的太陽和大海、獅子和小
鳥⋯⋯都在勇敢地戀愛着，而且激越。

　　微笑出你的愛情吧，戀人，明天就會為你而
改變，你的華彩就會羞紅那黑色的謊言。

---

* 原名：春天的戀歌

不忠誠的手 *

霧是清晨的呵氣
輕輕地，對每一株睡着的小草說
「醒吧，晨曦帶着禮物來了
是一萬枝金色的喜悅」

杜鵑花是頑皮的姑娘
她醒得比誰都早
看見你將頭倚在我的肩上
就笑得前仰後合了

不要害羞臉紅呀
否則杜鵑會失色，太陽也不敢探頭
這是我們的世界
來，這是我最忠誠的手

* 原名：春之晨

免費旅遊 *

到那七彩繽紛的雲層上去吧
那邊金色的黃昏正濃
太陽是一朵熱情的紅玫瑰
紅玫瑰表示什麼你知道
…………

---

* 原名：夢幻曲（節錄）

賣藥 *

夜幕已低迷
風很冷，雨很細
我就是那尋光的孤客
請將你的心窗開啟

---

* 原名：心窗

反懷疑主義*

（1）

你有寧謐的山巒

你有深邃的藍天

懷疑你的存在——

那是什麼意思呢？

蟲魚鳥獸都在你的懷裏安逸

（2）

溪流湧自你的岩隙

宣示了你鮮活的生命

你呼吸的微風輕拂着我的頭髮

我全然相信你的真實

---

*原名：大自然禮讚。按：在哲學上，可取「賦能進路」
以對治懷疑主義、判準主義、相對主義一類的思想。

夢遊症

兩列中古武士的靈魂
以單眸，以慘青，以冷冷
瞪着
躺在長街上的
夜的虛無

被遺棄的車輛
默想着
那曾經掠過耳際的
回首不再的
紫色紅色的花季

承托着這一切的
地球，從恐龍的洪荒夢裏
高速投向
啟示錄的空間

而時間乃清清流水
存在等於一串惘然的守候

而注定要抱着痴迷狂奔的
眾生呀，謎底在
宇宙之外

窺

抽象的黃昏
詭譎地悄立
在海的那邊

山破開風
風割開靜
獨行
一柱誰的身影

從四面八方
窺視着他
有一億隻
眼睛

失蹤記

第一幕：自憐 *

 在蒼茫的暮色裏
 袋插雙手，他走了

 沒留下什麼，也沒
 帶走什麼──除了

 來時的伶仃
 去時的絕望

 （旁白：於是這位孤客就去沙漠流浪⋯⋯）

---

* 原名：孤客

第二幕：自傷 *

　　孤客丟失了駱駝
　　孤客喝光了清水
　　孤客剩下的只有

　　仙人掌，仙人掌
　　枯草頭，枯草頭
　　白色的太陽
　　無聲的宇宙

---

* 原名：旅

第 VI 輯

短歌行

光洞

群豬觀賞夜空
只見有光的漏洞
不見有星

爬蟲類

向上爬
必須苦練
必先
在地上爬

零

昨日之日追逐一個名
今日之日擁抱一襲影
明日之日忽見一拱墓
永恆之日奪得一隻零

寄蕭邦

琴邊停着一隻黑蝴蝶
琴上橫着一朵鬱金香
琴弦留下旋律的足印
琴鍵藏着起伏的哀傷

命定論

登山之時無法卸下的
就是自己
思念之中無法卸下的
就是你

祭母

青山　紅顏　白骨
　海天　風日　無人
大夢　由來　難醒
　暗室　夜雨　傷魂

神劇

在歷史舞台的觀眾席上
坐着上帝與撒旦
看廣漠無盡的黑暗之中
人人分得亮光一閃

把臂遊

黃昏這神秘的女人
悄悄將手穿進我的臂彎
我們就默默地款步
在神莊嚴的懷抱裏

逍遙遊

我和夜空對望
繁星寄來亙古的信息
我在宇宙的懷中漫遊
宇宙在我的心裏安睡

石花

冰冷的石
隱藏着
火花

第 VII 輯

〈連環念〉
及其他

陰笑

陰陰的雲腳陰陰的樹
陰陰的山徑陰陰的橋
陰陰的荒台陰陰的草
陰陰的骨塔陰陰的廟

陰陰的破幡陰陰的影
陰陰的紙灰陰陰的窰
陰陰的暮寒陰陰的像
陰陰的風來陰陰的笑

算術急口令

一個 A，一個 B
一個 A 乘一個 B
夢遊仙境愛麗斯

一個 O，一個一
一個 O 除一個一
山盟海誓嘴甜蜜

一個得，一個失
一個得減一個失
耶穌佛陀追跳虱

一個傻，一條瓜
一個傻加一條瓜
一條傻傻的傻瓜

後現代循環 *

春天
　跟着
夏天
　跟着
秋天
　跟着
冬天
　跟着
談天
　哦哦哦哦
　這是扭曲的世紀

---

* 此「詩」原名〈扭曲的世紀〉，中學時作。

眼睛
　　跟着
屁股
　　跟着
眼睛
　　跟着
屁股
　　跟着
咯咕
　　哦哦哦哦
　　這是扭曲的世紀

春天
　　跟着
夏天
　　跟着
……

革命狐步華爾滋

站起來吧

縫——拆
縫——拆
紅——黑
紅——黑

縫拆拆，縫拆拆
紅黑黑，紅黑黑
縫拆拆縫拆拆
紅黑黑紅黑黑

站起來了

縫拆拆拆拆縫拆縫拆
縫拆拆拆拆縫拆縫拆
紅黑黑黑黑紅黑紅黑
紅黑黑黑黑紅黑紅黑

拆了又縫
縫了又拆
黑過又紅
紅過又黑

龍如馬 *

多姿的江山
一式的街景

輝煌的歷史
樣板的表情

鋼鐵的意志
銹化的心靈

舒徐的動作
緊張的神經

龍的傳人
馬的行列

---

* 李後主〈望江南〉：「多少恨，昨夜夢魂中，還似舊時遊上苑，車如流水馬如龍，花月正春風。」我那年遊江南，不見車如流水馬如龍，花月正春風；只見落花流水龍如馬，處處毛公公。

歲月山歌

（1）

蝴蝶聯羣結隊在花樹間亂飛
蜻蜓迷路撲向那孩提的眼眉
小寶小寶愛玩泥沙
黃狗白狗窮追青蛙

（2）

月亮你每晚越過長空要找誰
心房你不停跳動究竟累不累
情人情人隔着籬笆
約會幽會瞞着爸媽

（3）

梧桐終須經歷搖落才會甦醒
鋼劍總要等到折斷方知驚悟
青春青春水上的蘆花
開心傷心天邊的煙霞

破格金縷衣

勸君莫惜
　　金縷衣，人造絲
　　莫惜莫惜人造絲

勸君惜取
　　少年時，單相思
　　單思相思少年時

花開堪折
　　人間苦，歲月 cool
　　人間歲月嗚嗚嗚

莫待無花
　　Do Re Me，空折枝
　　折枝折枝空折枝

連環念

蔦蘿將女兒嫁給原野
原野將血液輸給河流
河流將命運押給湖海
湖海將擁抱送給沉舟

沉舟把思念寄給寡婦
寡婦把幽怨遺給高樓
高樓把青春賣給風雨
風雨把故人許給深秋

深秋將木葉還給大地
大地將仰望獻給太陽
太陽把餘暉交給峻嶺
峻嶺把暮色推給荒林

荒林將晚菊開給過客
過客把清芬攜到遠方
荒林將夜幕剪給過客
過客把星月帶到遠方

遠方向我展示戈壁的浩瀚
我在浩瀚戈壁上發現江南

第 VIII 輯

〈在塵封下面脈動的〉

〈時空奧德賽〉

在塵封下面脈動的

所多瑪，所多瑪
天火潑了下來
黃昏塌了下來
這金色的童話
這金色的童話

啊，那些在塵封下面脈動的
那些絨紫的，銀閃的
那些詭紅色的
那些瑩瑩清清的
那些宛宛切切的
啊，那些在塵封下面脈動的

山濤在公主的裙邊起伏
天起涼風，日影飛去
山濤在公主的裙邊起伏
頑石自夢混甦轉過來
亡靈自草叢升起
世界開始了另一種騷動
另一種騷動

啊，那些在塵封下面脈動的
那些向諸方鑽蝕的
那些從樂譜溜出來的
那些在音色以外顫慄的
那些暗暗迴盪暗暗迴盪的
啊，那些在塵封下面脈動的

諸物的邊沿化開
紙上的墨愈濃
墨愈濃，水分愈重
塵網中有一億種嗚嗡在爬行
事件漸漸凝固
你伸手，可將遠古的歷史觸及
你伸手，可將遠古的歷史觸及

觸及那些：在塵封下面脈動的
那些千色萬色色色襲人的
那些千弦萬波波波纏捲的
那些喘息的
那些酩暈的
那些喃喃的
那些幽幽的
那些裊裊的
那些蕭蕭的
那些寂默的
那些寂默的
那些寂默的
那些寂默的

記憶在雲層中蛇行
當鐘聲敲響
幢幢的人影
就散去，就散去

存在與虛無

深濃的黑，混和着
深濃的夜，混和着
深濃的死寂

吞噬了星月、遠山
吞噬了林木、衰草
吞噬了荒野全部的空間

流螢挑着一盞微弱的螢燈
從密不透風的黑暗裏鑽出來
簽一個名
又鑽回密不透風的黑暗裏去了

陰陽二重奏

其一：陰間（悲觀主義者的）

　　沒有火焰，沒有刀山
　　沒有牛鬼蛇神
　　思想在無盡的黑暗裏摸索
　　偶爾觸到幾點零星的觀念
　　　有些觀念在狂笑
　　　有些觀念在悲泣
　　　有些觀念在掙扎着
　　　有些觀念默然不語

　　在漆黑之中摸索着的思想
　　發覺自己無法分辨——
　　那些觀念是屬於自己的呢
　　還是來自另一個
　　也在漆黑之中摸索着的思想

其二：陽間（樂觀主義者的）

　　如葉一般欣然開展
　　如根一般意味深長

　　一朵花一個夢想
　　一隻果一項完成
　　一粒種子一番希望
　　一節新芽一次再生

迷悟二重奏

其一：鬼夜

灰濛濛的月色溶掉了月亮
荒野開始了祭日的騷動

幽靈從墓隙偷偷探頭出來
以波浪形的身體蛇行
聚在狼骨點起的磷火上狂舞
仰首吐出絲絲吱牙的尖聲
想叫醒上帝來收屍

上帝不來
時間在發霉的永夜裏滯留

忽然一隻早鴉劃破黑色的空間
荒野在割裂的痛楚中驚醒
只見一坯坯沒有面目的殘塚
埋着一宗宗沒有完成的死亡

其二：秋見

山有山的悠悠
水有水的悠悠
浮雲在長空滑過
碧樹凋盡
又見清秋

時空二重奏

其一：主觀時空

等待
僵死為時間

寂寞
凝固成空間

其二：客觀時空

空間
是上帝隱現的身形

時間
是永恆投下的倒影

時空奧德賽

摸索着某種語言
　花的語言
　蛇的語言
暮色躡入林間
星星在夜空趕路

牛郎星，織女星
　樹的眼睛
　狐的眼睛
星星在夜空趕路

季節揚起千絲籟音
風解開萬串銀鈴
　總會有某種途徑

河的途徑飛向山
山的途徑飛向雲
雲正思想：
　　總會有某種途徑

引往　空間的迴廊
　　　　時間的忘鄉

金字塔的方向
　　雅典的城牆
咸陽古道的方向
　　紐約，時代廣場

當速度承認了時空
　　探索觸及了無窮
歷史將結成冰
　　那永恆的風景

誰將棲於誰的瞳中？
誰將飄入諸神的懷裏？
　　諸神守着宇宙的墓地
　　墓裏鎖着千古的無明

當此際，再沒有
　　來時的途徑
　　河漢的繁星
沒有季節，沒有風
　　沒有銀鈴

微笑亭見

秦淮河

每一條河
都講述着
歷史

唯秦淮河
在訴說着
身世

微笑亭焚夜

故事搖擺不定
尾音的前奏
震動深處的鈴

焚雪
焚寒
焚夜

呼喚我
夜附近的
微笑亭

2006214 *

在宇宙大化中浪遊
在時間長河中流轉
歷劫多生，依舊
揮落滿身花雨
瀟灑歸來
見你

---

* 2006 年 2 月 14 日即興。

天嬰

透思生死
棲無敗域

仰首繁星
神馳於榮光之間
俯視紅塵
隨順於無常之際

夜無痕
雪無迹
花無憾

童謠

每夜每夜
黑暗與房間爭吵
靜默預示決裂
只有陽光介入
才能和解

不過陽光一睡就是夜晚
幸而夜晚一醒還是陽光

牛石謠

其一：高人

江南水鄉
杏花煙雨

躺着一條
通往寂寞的小徑
站着一條
來自風霜的漢子
對着一條
拒絕製革的老牛

彈琴

其二：天人

乾坤莽莽
宇宙洪荒

萬古長空下
萬里戈壁中
似有一人
遺世獨立

對石
彈琴

噤煙

寒蟬

弱肉

森林律

吃禪

首先吃掉那串葡萄
跟着吃掉那罐香腸
接着吃掉那鍋饅頭
然後吃掉那座蛋糕
然後再——
吃掉可口的敵人
吃掉敵人的情人
吃掉哲人、詩人、途人
吃掉太陽、月亮、星星
吃掉天空
吃掉大地
吃掉洞穴
吃掉傷口
吃掉痛楚
吃掉愚痴
吃掉貪婪
吃掉食欲
吃掉自己
吃掉一切煩惱
吃掉禪

高地

江河的目標在曲折
小溪的目標在潺潺
日出的目標在光箭
月亮的目標在悄悄
春天的目標在明艷
冬天的目標在茫茫
小樓的目標在霜夜
生活的目標在生活
心靈的目標在高地
高地的目標在無垢蔚藍

滿天星

風衝擊海水
海水衝擊地球
地球不能破壞
星座的法律

肚子吩咐人遵從工作
死亡吩咐人渴求生活
時間默不作聲

受不了欺騙的
不能生存
跨過了界限的
獲得光明
在火裏出生的
一抬頭
驚動滿天星

巴比倫

王宮被遺忘
城市被遺忘
尖塔在朦朧裏孤立
古剎在永恆中沉睡

巴比倫
張大着嘴
無聲地
訴說着陷落

創造之戲

冬天壓着太陽
夏天恢復原狀
赤楊樹左搖右晃
頭髮蛻落真相

放開沒用的事
向上爬升
女孩匍伏在地
向下征服

生命誤解運命
黑暗誤解愛
城市又痛又癢
世界創造自己的遊戲

沙漠與星空

其一：沙漠

　　荒涼之美
　　莫過於
　　沙漠

　　沙漠之美
　　莫過於
　　在絕望的深處
　　隱藏着
　　綠洲

其二：星空

死亡的秘密
葬於黑夜
黑夜的秘密
藏於星空

一切有生之類
莫不仰望
一切無生之屬
莫不仰望

宇宙森然
眾星穆穆

見

見星
見天容

見花
見天心

忘　郷

代後記

穿過幢幢的樹影、彎轉的山徑，我們一羣人摸黑到了海邊。那裏沒有渡船，我們也沒打算在這時刻渡過對岸。於是我們就坐在石砌的堤岸上。有些人開始唱歌，有些人在說笑，有些人用力把石塊擲在堤石上玩耍，濺出幾點火花，瞬即消失在廣大的黑暗裏。而我，靜靜地坐在一旁，覺得自己好像不屬於這地方，而是一個來自遠方的異鄉客。

　　今晨，當我還在沉沉的睡夢中，我躑躅在一個儡人的境遇裏。那裏的山沒有腳，河沒有頭，海沒有心。我俯身拾起石縫中一朵白色的小花，發現那原來只是一個譎異的笑容。笑容如花綻放，我向裏面窺望，看見自己是一個寫在雲端上的故事，當風來時，我的身體就消失在如浪的羣山之間。

但現在我不是好好地坐在堤岸上嗎？他們仍在那邊，仍在唱歌、說笑、擲石。不過，我是怎樣來到這裏的？是誰把我從沉沉的睡夢中喚醒？是誰指引我走這一段陌生的旅程？是誰，在我身旁卻把面容隱在雙手的後面？

　　沒有回答。我凝神傾聽，只有海濤的洶湧，天心的沉默；稀微的星光，隱約的漁燈，在無限的黑暗中探測自己的身影。但當晚風從我的髮際掠過，我就感覺到一個陌生而又熟悉的聲音，那遙遠又恍如在耳邊的召喚——雨季已過，現在該是動身的時候，你已耽擱太久。

　　是的，我實在已耽擱太久。我本來一直在尋找，已經過了好多個好多個世紀。當諸星還沒有成形，我已茫然走在漫長的旅途上。是什麼使我徘徊？也許是路旁的一株小草，也許是山邊的一朵輕雲，叫我駐足。也許都不是。我的記憶已經封塵。

　　但我深深知道，當我浪迹過重重的山野，當我的手腳被荊棘刺傷、痊癒、又再刺傷，當我的鞋邊已繡滿苔痕，當我在無意間仰首，我會驀然驚覺，你一直靜悄悄站在我的面前。在

你的眸中，我將看見自己的顏貌。我將發覺，原來我就是那途中的羣山，路上的荊棘，鞋邊的青苔。原來我就是那洶湧的海潮，那稀微的星光，那隱約的漁燈。原來，這一切也就是你。

於是我不禁啞然失笑，懷疑自己剛才究竟做了些什麼。剛才？剛才我在諸天之間流轉。剛才我攀越過重重的山野。剛才我摸黑走到海邊，坐在堤岸上，幻想自己是一個來自遠方的異鄉人。

跋詩兩首

細想

冰凝的永恆
解凍成音樂

流雲的斷想
投影成詩

秋無垢
天地無語

非詩

雕刻是意志的化石

畫是永恆的橫切面

音樂乃抽象的潮騷

詩是風動的琴絃